句集

艸

山本　潔

朔出版

序　草の海からエールを

山本潔さんの第一句集『艸』は自分らしい言葉で飾り気なく詠んでいて好感がもてる。

母の日の欠かさぬ母の太極拳
ハーブ選る妻の指先涼新た
憧れは天文学者星降る夜
シャム猫に新米炊けてゐる匂ひ
犬に顔舐められてゐる三日かな
きらきらと昭和のビーズ君影草

無作為に作品を抜き出してみた。一句目、母の日に老母が太極拳を楽しんでいる。微笑ましい光景だ。さりげない表現だが、母への深い思いが込められている。ハーブを選る妻のしなやかな指先に初秋の涼しさを感じたという二句目。爽やかな愛妻句である。三句目、〈老いてなほ我が心根は銀漢に〉という句もあるので、作者は幼い頃から星座が好きで天文学者になることを夢見ていたのだろう。「星降る夜」が見果てぬ夢を表している。知的なロマンを感じさせる句だ。四句目、炊き立ての新米の香りほど幸せにするものはない。新米とシャム猫の取合せに意外性がある。五句目、「顔舐められてゐる」から、正月のリラックスした気分が伝わってくる。郷愁を感じさせる六句目。「昭和のビーズ」は、ビーズで作ったポシェットやアクセサリーを想像させる。「君影草」は鈴蘭の別称で、ドラマ性のある植物。作者にも心に秘めた想いがあるに違いない。

これらの作品は、どれも軽妙で温かみと懐かしさがある。読み手の心を癒し幸せな心持ちにさせる。まるで作者からエールを送られたように……。

エールという言葉で、思い出すことがある。東京大学の五月祭に行った時、学生たちがやっているカレー店や氷店などを見て歩くうちに、俳句仲間とはぐれてしまった。東大のキャンパスの人込みに紛れ込み、うろつく私を探してくれたのが潔さんだった。

その日の句会の席で、

聖五月迷子の大木あまりやーい

という句が回ってきた。潔さんの句だった。こんなウイットに富んだ句を即吟で詠む潔さんて凄いと思った。「迷子の大木あまりやーい」という呼びかけに、作者の思いやりと優しさが伝わってきた。草原にいるわけでもないのに、「草の海からエール」をもらったような不思議な感覚にとらわれた。唐突に思われるかもしれないが、「迷子の大木あまりやーい」こそ私への応援句だと思ったのである。

秋晴の路地の本屋の中暗し
猪の消えゐしあたり草荒れて
行く秋やレコード盤の針の傷
紅葉散る香炉の網の煤けゐて
ハモニカの鳴らぬ一音鳥曇
真夜中の大樹丸ごと蟬の声
麻衣ひと日の皺を増やしたる
駄菓子屋の瓶に光や日脚伸ぶ

どの作品も即物的でシンプル。しかも、傍線の箇所には、それぞれ発見がある。発見のある句は、読んでいて説得力がある。殊に七句目に注目した。「ひと日の皺」と強調することによって、皺のできやすい麻のしなやかさと強さを過不足なく表現している。

冬に入る砂岩泥岩鮫の骨
困民党軍律五カ条納豆汁
ふるさとの書庫に長居す虫の夜
秩父巡礼山を越ゆれば雛の宿

友人のすすめで俳句を始めた潔さんは、平成二十二年、舘岡沙緻主宰の「花暦」に入会。平成二十五年、金子兜太の「海程」に投句開始。敬愛する兜太と同郷の作者は、透徹した心境で秩父を詠んでいる。一句目、「砂岩泥岩鮫の骨」のリズムの面白さ。耳を澄ますと、波の音が聞こえてきそうだ。「鮫の骨」は昔、秩父が海だった証拠。二句目、秩父困民党に軍律があったという驚き。不況で借金の利子減免などを訴えて騒動を起こさずにはいられなかった農民たちの義憤や苦悩が「軍律五カ条」に読み取れる。「納豆汁」が農民の根気強さを象徴しているようで切ない。三句目、社会人として激務の日々を送っている作者が故郷に帰った折の句だろうか。虫の鳴く夜の書庫はまた思い出の書庫でもある。潔少年は、ファーブルの『昆虫記』やヘッセの『車輪の下』を読んだろうか？「長居す」があれこれ想像させて楽しい。四句目、「山を越ゆれば雛の宿」に秩父の豊かな風土と文化を感じる。

これからも、秩父の雄大な風景を詠んで欲しい。きっと秩父の風土は作者に骨太の作品をもたらしてくれるだろう。潔さんは『艸』を刊行するまでに多くの句を削り、努力と研鑽の日々を重ねた。それは、自分探しの日々でもあったろう。その成果が、

木洩日さへ重たき昼の牡丹かな
蟷螂のいぶかしさうにあとずさる
捨て犬に十一月の風と雨
緋目高を夕日の沢に放しけり

青嵐ドーベルマンの白い牙
篝火の種火こぼるる除夜詣
水脈を断たれし井戸や原爆忌
老木にホチキスの針秋暑し
福耳と言はれて餅を切る役目
冷蔵庫開ければガラス壜の音
炎昼や油の垂るるメンチカツ
しやぼん玉割りしは透明人間か

などである。このように作品を並べていくと多種多彩である。牡丹の句の切れもさすがだが、花王の牡丹を違った角度から詠んでいることに注目した。「蟷螂」「捨て犬」「緋目高」の三句は、対象を冷徹に詠んで、かえって生き物の命と哀れさを表出することに成功した。「青嵐」の句は、ドーベルマンの「白い牙」に焦点を絞って詠んで迫力がある。「篝火」「水脈」「老木」の三句は季語が効いている。「福耳」の句の諧謔性。「しやぼん玉」の句はウイットと遊びがある。

自然と生きるあらゆるものを愛し、五感をフルに使って詠んだ作品が潔俳句の本質だし、物に即し物を描写することが特徴であると思う。

艸《くさ》といふ艸《くさ》を愛でゐて夏はじまる

句集名となった句。「艸」は草の本字である。「艸」という字を見つめていると、二本の草が並んでいるというより、草と草が支えあっているようにも見える。こう書いていると、部屋いっぱいに草の香りがしてくるように思えるから不思議。ふっと、「迷子の大木あまりやーい」という句を読んで、「草の海からエールをもらったような気がした」のは、無意識のうちに、掲句が胸をよぎったからだと思う。

作者の心の象徴であろう草を詠った、夢や希望にあふれているこの句の魅力は、「夏はじまる」に作者の強い意志を感じさせるところだ。

『艸』の共鳴句を挙げながら、この句集の鮮烈な世界を垣間見てきた。柔にして剛の人、潔さんは、草一本一本に心を寄せながら、これからも即物描写の目が効いた詩情あふれる作品を作っていくことだろう。
『艸』が広く読まれることを期待して筆を擱くことにする。

雑木紅葉が散る猫眠亭にて　　大木あまり

句集　艸　目次

装丁　奥村靫正
装画　星野絢香
（ともにＴＳＴＪ）

句集 艸

Ⅰ　インク瓶

平成二十二年―二十四年

八十九句

極太のペン先洗ふ建国日

芯太きシャープペンシル多喜二の忌

文箱の蒔くことのなき種袋

山国の暮色とどきし蕗の薹

ふきのたう津軽の風もゆるび来し
春浅し暗きところに赤き橋

パレットに溶きたき青や梅の空

冴返る藁葺き屋根の座禅場

東日本大震災発生　四句

三月や臨月の娘に大地震

白木蓮や万の命を惜しみゐて

ほろ苦き菜の花びたし津波去る

一睡のあとの無音や木の芽雨

なだらかな濠端のみち風光る

蝌蚪生る瑞穂の国の地震絶えず

川底に昼の影濃き雛流し
水門に逆波寄せて柳の芽

みちのくの大地癒せよ花篝

数寄屋橋煉瓦交番夕桜

夕星や宴の前の花見舟
対岸の標となりし桜かな

文を書く桜月夜の黒インク

川舟の浮きたるやうに春の月

武蔵野の夕日を引いて散る桜

くしゃくしゃの紙袋から夏蜜柑

夏に入る古民家裏の避雷針

朝市の桶を狭しと蝦蛄の脚

明易や夢をノートに書き留めて

娘の子・煌

食ひ初めの嬰の眉間の汗疹かな

振り向けばセザンヌの色緑なる

母の日の欠かさぬ母の太極拳

木洩日さへ重たき昼の牡丹かな

ぼうたんの香に戸惑へる齢かな

原子炉の神話も崩れ夏落葉

大寺の小径に黒き梅雨の蝶

梅雨晴間風三樓忌の園にあり

黒板塀風鈴の音かすかなる

白シャツや文語動詞の活用表

劇場の最前列のカンカン帽

解体アパートの鉄の階段青嵐

ボヘミアングラスの重さ夏灯

下敷にカッターの傷火取虫

知命われ水の上なる草の絮

猫じやらし遺跡を囲む鉄の柵

山番の古びし日記星祭

ハーブ選る妻の指先涼新た

石段に湧き水染みて秋涼し

息子・佳孝結婚　二句

蒸し野菜色深まりて良夜かな

山荘へ道はひとすぢ青蜜柑

軽井沢　六句

別荘地の坂ゆるやかに草紅葉

溶岩のいよよ冷めゆく秋桜

秋冷や文士遺愛のインク瓶

英国調の木椅子の彫りや小鳥来る

檀の実割れて追分風立ちぬ

白壁の街並み秋の色めきて

秋澄めり天井高き牛舎跡

老犬の尾を濡らしゐる白露かな

蟷螂のいぶかしさうにあとずさる

津軽　四句

稔り田や雲の走れる八甲田山

鳥渡る釣人降りし分岐駅

秋寂ぶや志功板画の釈迦の弟子

最果ての色なき風の中にをり

秋晴の路地の本屋の中暗し

秋風や何も映さぬ鏡石

冷ややかや香水瓶の細密画

おみくじは妻も中吉冬隣

敗荷に敗荷の影揺れゐたり

猪の消えゐしあたり草荒れて
行く秋やレコード盤の針の傷

伯爵のガラスの机火恋し

海程秩父道場　一句

冬に入る砂岩泥岩鮫の骨

困民党軍律五カ条納豆汁

東京駅　四句

冬浅く煉瓦駅舎の石の屋根

鉄道模型初冬の影走らせて

しぐるるやローマ数字の時計盤

冬の雨旅の鞄を濡らしをり

小春凪漁師の顔の深き皺

捨て犬に十一月の風と雨

坂がかる屋台囃子や息白し

パソコンの改行キーに冬の蠅

一茶忌のパンとチーズと赤ワイン

深大寺　三句

紅葉散る香炉の網の煤けゐて

綿虫を追ふや鬼太郎茶屋の前

餡なしの蕎麦饅頭や年の逝く

空缶に炎の絵柄年迫る

深呼吸は口笛めきてお正月

人形町からくり櫓の初芝居

曖昧な味の七草粥すする

野晒しの吸水ポンプ寒の入

春隣昭和の硬貨洗ひけり

Ⅱ

白い牙

平成二十五年―二十七年

百四十四句

平成二十五年

好きな句を書き込む余白花暦

手のひらに回し垂直独楽の芯

気丈とは昭和一桁冬木の芽
言霊は雪の勢ひと降りてくる

ちぎり絵のやうに茶庭の雪景色

寒牡丹香のあるやうな無きやうな

まさをなる空は真間なり風生忌

早春の野鳥の園の緩き坂

初花や日曜画家の素手白し

翔つ鳥の足輪光れり潮干潟

老犬の深く眠れる花の午後

三陸や瓦礫の空に凧の陣

銀製のペーパーナイフ蝶の昼

亀鳴くを芙美子聞きしか厨窓

ハモニカの鳴らぬ一音鳥曇

花散るや廃線跡として残り

春惜しむ赤き題字の台詞本

曇天に色を深めし牡丹園

心音を悟られまいと牡丹へ

愛鳥日活字のやうな手書き文字

太宰忌や捩り硝子のガラスペン

水打つや子規も好みしねぢりパン

主めくアンティークソファ夏館

緋目高を夕日の沢に放しけり

銀座まで海の匂ひや極暑の夜

真夜中の大樹丸ごと蟬の声

青嵐ドーベルマンの白い牙

火打石の火花は散らず朝顔市

夕市となりて増えきし浴衣かな

子規庵の黒板塀や蚊遣香

麻衣ひと日の皺を増やしたる

皆既日蝕　二句

炎暑来地球に月の影法師

日蝕は「天の岩戸」か蝸牛

妻の里はまほろばなるや月涼し

自鳴琴の手巻きハンドル夜の秋

日輪を背に少年の夏果つる

憧れは天文学者星降る夜
星祭るプラネタリウムの投影機

老いてなほ我が心根は銀漢に

月今宵父の形見の望遠鏡

ふるさとの書庫に長居す虫の夜

日光に薄き夕霧立ちにけり

中禅寺湖

またの名は「幸の海」とや鳥渡る

身の丈に秋風のくる夕湖畔

秋の蝶男体山を遥かにす

嶺々に神の水脈豊の秋

心音を確かめながら秋の滝

俳縁のいよよ深まる吾亦紅

号外の活字の如き蜈蚣かな

蟷螂や昭和の色のドロップ缶

シャム猫に新米炊けてゐる匂ひ

煙より先に炎立ちて秋刀魚焼く

銅鐸に狩の絵文字や秋の声

秋の蚊のとどまるインク瓶の蓋

篝火の種火こぼるる除夜詣

平成二十六年

蹲ひの水を鏡に初雀

石段を上る一歩の淑気かな

「寿」とまづは句帳に寒波急

鈴の緒を真つ直ぐ引いて寒詣

雪折の枝先太刀のごとく反り

骨董のタイプライター寒の内

パピヨンの小次郎　追悼五句

悲しみに色あるならば寒椿

凍空へ食ひしん坊のまま逝きぬ

きみはもう永遠の眠りに雪催

黄泉からの使ひのごとし冬満月

飾り毛は在りし日のまま冬菫

まんさくや心の声を聴く日暮

じつとしてゐられぬままに梅ひらく

山門の対の樹として梅咲けり

雪解川白く蛇行す裾野かな

鉄橋に牡丹雪また鉄橋に

秩父巡礼山を越ゆれば雛の宿

湯煙に淡雪交じる夜となりぬ

あけぼのや鉱泉宿の雪解水

ふるさとの詩人の言葉春炬燵

春ショール獣道とは知らず行く

真間山弘法寺　四句

山門をくぐれば白き花の雲

散らさねば風にはなれず花吹雪

句碑にいま枝垂桜の一枝かな

真間川の澱みのあぶく鳥帰る

白粥を吹いて八十八夜かな

どの径も海にて果つる潮干狩

名刹の塔遥かなり愛鳥日

母の日の母の甘口カレーかな

玻璃越しの一刀光る夏館

老酒の甕の亀裂や青嵐

睡蓮やまた一人来て立ち止まり

骨董屋の火襷の壺油照り

涼しげに客の立ち去る乾物屋

水脈を断たれし井戸や原爆忌

老木にホチキスの針秋暑し

入場と退場の門運動会

舘岡沙緻先生句碑建立

能登にあることの幸せ露の句碑

鐘楼に蟷螂の影動かざる

鱗雲一番線に七尾行き

鳥翔ちて釣瓶落しの水面かな

菊冷や真一文字に巫女の口

煮込屋の丸椅子に猫冬隣

「デンキブラン」しづかに含み冬に入る

千本の枝に光や冬木の芽

福耳と言はれて餅を切る役目

能書の多き母なり餅を焼く

平成二十七年

犬に顔舐められてゐる三日かな

駄菓子屋の瓶に光や日脚伸ぶ

冬薔薇坐骨に硬き石の椅子

花園交番開け放たれて寒の入

電線の絡む鳥居や寒鴉

安吾忌や屋根裏部屋の覗き穴

同じ姓並ぶ碑三月震災忌

竜天に昇り疾風起こしたる

色混ぜて真っ黒になる四月馬鹿

古民家の丸き卓袱台花菜漬

花冷や鉛筆描きのやうな雨

入学の少女の黒きランドセル

風の音のそれきり八十八夜かな

きらきらと昭和のビーズ君影草

レリーフに影をつくりぬ夏灯

青芝を囲むロープのたるみゐて

青蜥蜴するりと逃げて煙の木

夏の灯や魚偏漢字のマグカップ

玻璃越しの大緑蔭を壁絵とす

陽光を抱き玉巻く芭蕉かな

日輪に即いて離れぬ梅雨の雲

針失せし懐中時計太宰の忌

七月の雨の紋様プラタナス

七色に光る梅雨雲吉男の忌

冷蔵庫開ければガラス罎の音

水上バスの女船長夏潮へ

鎌首の形のナイフ青嵐

炎昼や油の垂るるメンチカツ

ステーキに岩塩の粒夏涼し

教会の白き羽根ペン朝涼し

父の忌の蟬の舞ひ込む夜の卓

夏果つる機械仕掛けの貯金箱

風すでに足元に寄る獺祭忌

猿山のサルの喧嘩や体育の日

天高し洗ひざらしのズック靴

丹田に力を入れよ実南天

降るときもぶつかり合つてゐる木の実

国分寺跡の礎石や鵙高音

張り合ひをなくせば老いる石蕗の花

葉脈の一筋青く萩枯るる

菰巻に緩きところのなかりけり

梟の羽ふくらませゐる真昼

III

夏はじまる

平成二十八年—令和元年

百二十七句

平成二十八年

薺打つバックパッカーたちの宿

火中なる紅き矢の鈴どんど焼

神主の顔に火の粉やどんど燃ゆ

凍蝶に翳をゆづらぬ夕日影

冬旱クレーン一基増えてをり

冬ざれの暗がりにある御影かな

連凧の空の怖ろし阪神忌

寒明けの寄生木にゐる鴉かな

立春の光を屋根に大歌舞伎

花種を蒔きて夕暮迎へけり

囀に字余りのあり字足らずも
しやぼん玉割りしは透明人間か

五月一日　舘岡沙緻先生逝去

愛鳥日あれほど待ちてをられしに

七月一日　福島へ赴任

転勤もほどほど楽し生ビール

薬缶なき単身赴任半夏生

蛇衣を脱ぐ被曝地の川の縁

こがね虫とまる除染土仮置場

ふくしまの闇なほ深く誘蛾灯

まほろばや蟬が鳴かぬと言ふ老父

ふるさとに母ゐて朝の蟬しぐれ

武甲山白し花野を恋ひをらむ

つぐみ来る被曝の村の食糧庫

風評を払はむとして落葉掃く

落葉掃くにも風評の声止まず

風評といふ濡れ衣や海鼠売

冬いよよ私語の聞こえぬ喫茶店

逆境といふ大いなる枯野かな

雪暗や鉄塔の灯のうつうつと

福島よ雪の吾妻山よ風評晴れず

熊眠る里に風力発電所

平成二十九年

溶融の燃料塊《デブリ》不気味に去年今年

被災地の人と寿ぐ初日かな

耳の底まで東北の淑気かな

被曝の山より帰り来て雑煮餅

白葱太し一人の鍋を占めゐたる

吾妻山へと帰る術なし雪の花

探梅や獣に見られゐる気配

春宵や鞄の中の線量計

鳥つるむ桃源郷に分け入れば

一本の名木もなき花の山

被災者の祈りにも似て水芭蕉

復興の灯をともさむと田植唄

会津嶺や音の聞こえぬ日雷

日当りてはちきれさうなサクランボ

帰還者の少なき村の落し文

足湯して色なき風をやり過す

ふくしまや割れ目の深き硬い桃

夕闇にひそやかなりし吊し柿

新蕎麦と山椒魚の天麩羅と

磐梯山や霧の会津へ下る坂

猪と人がかち合ふ帰還の村

感謝祭カメラ目線の少女の絵

初冬の吾妻小富士の寡黙なる

被災地の人にいただく冬至粥

帰れない町の学舎寒の鵙

阿武隈川の闇夜の空に白鳥啼く

平成三十年

白鳥や阿武隈河畔の線量計

おほかみに宿りて兜太生きてゐる

きさらぎの山きさらぎの空を研ぐ

「こらしょっ！」と兜太は黄泉へ白い春

最短を海図に描きヨット発つ

被曝地や蟇鳴く夜の暗さ

初夏のオリーブオイル色の朝

遥かなる大地に鉄塔桐の花

梅雨寒やフラッシュバックする平成

扇風機昭和の音を立ててをり

転勤は不意に湯宿の夏つばめ

秩父往還立禅の耳に初蟬

貝殻に混じるビー玉星涼し

耕衣忌の木彫の猫が微笑むよ

草雲雀ただ寝に帰る母の家

駐車場に胡桃を割りにくる鴉

引き写す兜太の百句秋彼岸

うろこ雲だんだん貝になるわたし

竹林に真つ直ぐなみち秋燕忌

塩害の木々の合間を秋の蝶

マッチ擦る音に振り向く赤とんぼ

復興の地の今年酒「絆舞」

絵手紙を描いて勤労感謝の日

居酒屋の暖簾めくれて神無月

水鳥の眠りの浅きレノンの忌
クリスマスやつぱり東京タワーが好き

電車待つ数分間の日向ぼこ

平成三十一年・令和元年

華甲まであとひととせや初日記

兜太の新年詠なき大旦

初夢の句座に見知らぬ季語の題

愛犬の足拭くときも淑気かな

玻璃越しの小さき猫塚冬の空

小寒の日蝕国のあす問はむ
一文字の熱きが喉を過ぎにけり

割勘の永き付き合ひ鮟鱇鍋

寒紅をさしたる貌や紅一点

大寒のビールケースに立つ鴉

陶製の猫のブローチ春隣

ビル街の宙を明るく冬終る

春兆すツインタワーのアンテナも

二月来るハイブリッド車のごとく

石器めく形に割れし薄氷

日は宙に光るものから寒明くる

大縄の紙垂を揺らして風二月

春霙ラー油を弾く水餃子

令しく揺れて風生桜かな

抽斗に生薬として花の種

行く春や三面鏡に鳥の影

艸《くさ》といふ艸《くさ》を愛でゐて夏はじまる

ベランダに鳥の鳴きゐる夏初め

聖五月迷子の大木あまりやーい

今年竹ブラックホールまで届け

竹の葉の芒種の近き色となる

太宰忌の街や焼きたてメロンパン

日曜のサラリーマンの金魚釣

梅雨に入る黒いマスクの男たち

すれちがふバスの客みな梅雨の中

半夏雨ＯＬの読む三国志

焼け石に水の話や蕎麦焼酎

黄昏を闇に変へたる河鹿笛

流れには乗らず目高の群れてをり
らんちうやシルクのごとくひるがへり

菊坂の途切れとぎれの片かげり
片蔭の雑踏となる日暮かな

甚平や猫好きにして犬も好き

カット西瓜プラスチックの爪楊枝

武蔵野の空のゆたかに秋立てり
アロワナの目玉下向く残暑かな

草踏みて露けきものに犬の爪

街道のコスモス過疎の村の墓碑

虎猫が欠伸して去る曼珠沙華

句集　艸　畢

あとがき

俳句を始めて十年が過ぎた。職場の同僚に誘われ、詩人の白石かずこさんを中心とした吟行グループ「ユリシーズ」に参加したのがきっかけだった。クリスマス直前の横浜の外国人墓地や洋館、山手教会を巡り、港の見える丘公園の「ティールーム霧笛」で句会をした。あの日の興奮は今も忘れられない。俳句との幸せな出会いだったと思う。

それから間もなく、かつて雑誌の編集をしていた頃に知り合った友人との縁で、舘岡沙緻主宰の「花暦」に入会した。主宰から直接指導を受けられる句会が楽しかった。「写生をおろそかにしては駄目」「切ったら血の出るような句を」が主宰の口癖だった。

「花暦」の句会と「ユリシーズ」の吟行会を軸にして土日はほとんど俳句の予定で埋まった。その後、秩父出身のよしみで金子兜太先生の句会で選をいただく幸運にも恵まれた。やがて「海程」や「海程多摩」の句会へいそいそと出かけるようになった私を、沙緻先生は「私も兜太は大好き。いろいろ吸収して自分らしい俳句を詠みなさい」と温かく見守ってくださった。その沙緻先生も兜太先生も、もはやこの世にはいない。

第一句集の上梓は、俳句十年という一つの節目に、還暦、定年という区切りが重なることをにらみ、三年程前から漠然と自分に課してきた目標のようなものだった。ちょうど福島に単身赴任していた時期で、句会からも遠ざかっていたことがかえって句集への意欲をかき立てたのかもしれない。

句集のタイトル「艸」は、今年一月に創刊した「花暦」の後継誌「艸」と同じにした。本来なら句集が先にあるべきだったのかもしれないが、後継誌創刊と句集編纂が同じ時期に進行するという状況となり、私にとってそれはまるで二本の草を植えているように感じられたからだ。

句集『艸』は平成二十二年春から令和元年秋までを大きく三期に分けて編んだ。この間の千数百句を自分で四百五十句に絞り、そこから敬愛する大木あまり先生の選を仰いで三百六十句にまとめた。あまり先生とは福島から戻った平成三十年七月以降に句会でご一緒するようになり、少人数の鍛錬句会にも誘っていただいた縁で選句をお願いした。さらに、身に余る序文を賜ったことに対し、感謝の気持ちがやまない。

朔出版の鈴木忍さんには句集の構想段階から励ましの言葉をいただいた。優柔不断な私の我儘に耳を傾け、要所要所では適切なアドバイスをしてくださった。奥村靫正氏の素敵な装丁に巡り合えたことも望外の喜びと感じている。

俳句の道に誘ってくれた職場の元同僚で「海原」の柳生正名氏、古くからの恩人で「花暦」に導いてくれた安住正子さん、「艸」の仲間たち、このほか超結社吟行や句会でお世話になった全ての皆様方に心から感謝申し上げる。

最後に、俳魔に取り憑かれた私のことを見守ってくれている妻と、故郷秩父の母にお礼を言いたい。

令和二年春の日　武蔵野の艸庵にて

山本　潔

著者略歴

山本　潔（やまもと　きよし）

1960 年（昭和 35）　埼玉県秩父市生まれ

2009 年（平成 21）　吟行グループ「ユリシーズ」参加

2010 年（平成 22）「花暦」（舘岡沙緻主宰）入会

2012 年（平成 24）「花暦」同人

2013 年（平成 25）「海程」（金子兜太主宰）入会

2018 年（平成 30）「海程」後継誌の「海原」入会
「花暦」編集長

2019 年（令和 1 ）「海原」退会

2020 年（令和 2 ）「花暦」後継誌として「艸」創刊

現在 「艸」主宰　俳人協会会員

現住所　〒 180-0011　東京都武蔵野市八幡町 3-3-11

句集　艸《そう》

2020年3月28日　初版発行

著　者　　山本　潔

発行者　　鈴木　忍

発行所　　株式会社 朔《さく》出版
郵便番号173-0021
東京都板橋区弥生町49-12-501
電話　03-5926-4386
振替　00140-0-673315
https://www.saku-shuppan.com/
E-mail　info@saku-pub.com

印刷製本　中央精版印刷株式会社

ISBN978-4-908978-40-1　C0092